www.ingramcontent.com/pod-product-compliance
Lightning Source LLC
LaVergne TN
LVHW010919200726
843509LV00013B/1995

نو رتن کہانیاں

حصہ: ۵

(بچوں کی کہانیاں)

شمیم احمد

© Taemeer Publications LLC

Nau Ratan KahaniyaaN : Part-5

by: Shamim Ahmad

Edition: October '2024

Publisher :

Taemeer Publications LLC (Michigan, USA / Hyderabad, India)

ISBN 978-93-5872-356-4

9 789358 723564

کتاب	:	نو رتن کہانیاں: حصہ – ۵
مصنف	:	شمیم احمد
صنف	:	ادب اطفال
ناشر	:	تعمیر پبلی کیشنز (حیدرآباد، انڈیا)
سالِ اشاعت	:	۲۰۲۴ء
صفحات	:	۴۸
سرورق ڈیزائن	:	تعمیر ویب ڈیزائن

فہرست : نور تن کہانیاں: حصہ – ۵

(۱)   اپنے گھر کا مہمان   10

(۲)   تیسرا نوکر   15

(۳)   گنے کا کھیت   20

(۴)   گھوڑا کہاں ہے؟   23

(۵)   دودھ کا گاہک   26

(۶)   کرامت والی کشتی   29

(۷)   حضرتِ رمضان   35

(۸)   کبھی مشرق، کبھی مغرب   38

(۹)   دو کنجوسوں کی ملاقات   41

(۱۰)   مہمان نوازی   44

(۱۱)   خالی انگلی   48

نورتن کا تعارف

"نورتن" اُردو کے قدیم ادب کی ایک مشہور تصنیف ہے۔ اِس میں مختصر داستانیں شامل ہیں۔ محمد بخش مہجور نے یہ کتاب اب سے کوئی پونے دو سو برس پہلے لکھی تھی۔ مہجور کے والد کا نام حکیم خیر اللہ تھا، جو رہنے والے تو فتح پور ہسوا کے مگر بعد میں وہ لکھنؤ چلے آئے تھے اور وہیں مستقل طور پر رہ پڑے لکھنؤ ہی میں محمد بخش مہجور پیدا ہوئے اور وہیں ان کی تعلیم و تربیت ہوئی۔ والد کی طرح خود بھی طبابت کا پیشہ اختیار کیا۔ جوانی ہی میں شاعری کرنے لگے تھے۔ پہلے شیخ قلندر بخش جرأت اور بعد میں مرزا خانی نواب بخش کے شاگرد ہوئے۔ مہجور لکھنؤ میں نفی گنج میں رہنے تھے۔ حج کے لیے خانہ کعبہ گئے اور مدینہ منورہ میں انتقال کیا۔

ہمارے ادب میں "نورتن" کی اہمیت کا اندازہ اِس بات سے لگایا جا سکتا ہے کہ 1857ء تک لکھنوی نثر کے سرمائے میں صرف تین کتابیں ہی اہم سمجھی جاتی تھیں۔ ایک تو یہی "نورتن" اور دوسری دو "فسانۂ عجائب" اور "بستانِ حکمت"۔ "نورتن" اور "فسانۂ عجائب" کی ہمارے قدیم ادب میں اِس وجہ سے بھی بڑی اہمیت ہے کہ یہ دونوں کتابیں عموماً طبع زاد سمجھی جاتی ہیں۔ طبع زاد سے مُراد یہ ہے کہ ان کے قصے کسی اور زبان سے ترجمہ نہیں کیے گئے۔ یہ ضرور ہے کہ ان میں شامل بعض

حکایات مختلف جگہوں سے لی گئی ہیں۔ بعض ایسی ہیں جو بہت ہی قدیم زمانے سے سینہ بہ سینہ چلی آ رہی ہیں، اور بہت مشہور ہیں۔ تاہم ان کی اکثر حکایات ان کے مصنفین کی طبع زاد لکھی ہوتی ہیں۔ 'فسانۂ عجائب' کی حکایات تو ایک ہی مرکزی قصے سے تعلق رکھتی ہیں جبکہ 'نورتن' کی تمام کہانیاں الگ الگ اور آزاد ہیں۔ اور ان کی ایک بڑی خوبی ان کا مختصر ہونا ہے۔ اس لحاظ سے دیکھا جائے تو 'نورتن' ہمارے ادب کی تاریخ میں بڑی اہمیت رکھتی ہے۔ دوسری بات یہ کہ 'نورتن' 'فسانۂ عجائب' سے دس سال پہلے لکھی گئی۔

کتاب کا نام 'نورتن' رکھنے کی وجہ یہ ہے کہ مصنف نے اس کتاب میں نو باب قائم کیے ہیں اور ہر باب میں مختلف کہانیاں جمع کر دی گئی ہیں۔ یہ انتخاب چونکہ خاص بچوں کے لیے تیار کیا گیا ہے، اس لیے اس میں وہ باب شامل نہیں کیے گئے جو بچوں کے لیے نہ دلچسپ تھے اور نہ مناسب۔ ہم نے اس مجموعے میں صرف اُن کہانیوں کو شامل کیا ہے جو 'نورتن' میں تیسرے، پانچویں، چھٹے، ساتویں، آٹھویں اور نویں باب میں شامل ہیں۔ کہانیوں کی اہمیت اور دلچسپی کو ذہن میں رکھتے ہوئے ابواب اور ان کی کہانیوں کی ترتیب بھی بدل دی گئی ہے۔

'نورتن' کی زبان قدیم لکھنوی زبان ہے، اور کافی اُلجھی ہوئی اور مشکل۔ ہم نے چونکہ اس کے قصوں کو بچوں کے لیے ترتیب دیا ہے، اس لیے ان کی زبان بالکل تبدیل کر دی گئی ہے۔ کوشش کی گئی ہے کہ یہ ساری کہانیاں ایسی سہل اور عام فہم زبان میں بیان کی جائیں کہ اِنھیں بچے بخوبی پڑھ اور سمجھ سکیں۔ اس کے علاوہ ان سے پوری طرح لطف اندوز بھی ہو سکیں۔ ان کہانیوں کو آسان زبان میں پھر سے لکھتے وقت یہ کوشش کی گئی ہے کہ زبان مصنف کے اندازِ بیان سے ملتی ہوئی آ رہی ہے۔ اس لیے ہو سکتا ہے کہ بعض لفظ آپ کے لیے مشکل ہوں لیکن اگر ان کا مطلب بھی معلوم نہ ہو تو

بھی کہانی کے لطف میں کمی نہیں آتی اور بات بہر حال سمجھ میں آجاتی ہے ۔

ان کہانیوں میں سے اکثر کہانیاں سبق آموز یا سبق سکھانے والی ہیں، لیکن اس سے باوجود مجبوری کی قدم قدم پر یہ کوشش رہی ہے کہ قصہ قصے کی حیثیت سے بھی زیادہ سے زیادہ دلچسپ رہے ۔ اُس زمانے کی داستان گوئی کی عام روش کے لحاظ سے یہ بہت بڑی بات تھی ۔

"نور تن" میں شامل بیشتر کہانیاں مصنف کی طبع زاد ہیں۔ لیکن کچھ ایسی بھی ہیں جو دوسرے ذریعوں سے مصنف تک پہنچی ہیں۔ مثلاً اس انتخاب میں ایک کہانی اُن دو عورتوں پر مشتمل ہے جو ایک بچے کے لیے جھگڑا کرتی ہیں اور حضرت علیؓ ان کا جھگڑا چکاتے ہیں۔ اسی طرح کا فیصلہ حضرت سلیمان علیہ السلام اور مہابتما گوتم بدھ کے ناموں سے بھی مشہور ہے۔ ایک اور کہانی میں روئی کے چور اپنی داڑھیوں کی وجہ سے پکڑے گئے۔ یہ بیربل کا ایک مشہور لطیفہ ہے ۔ اس میں ایک کہانی گوشت کی شرط والی ایسی ہے جو انگریزی زبان کے ڈرامہ نگار شیکسپیئر کے مشہور ڈرامۓ وینس کا سوداگر (Merchant of Venice) میں بھی بیان ہوئی ہے ۔ اس سے اندازہ ہوتا ہے کہ یہ قصہ مشرق و مغرب میں یکساں طور پر مشہور رہا ہے ۔ اس طرح کی چند مثالوں کے سوا اکثر کہانیاں مجبوری کی طبع زاد ہیں اور نہایت پُر لطف اور دلچسپ ہیں، جنھیں پڑھ کر اندازہ ہوتا ہے کہ ہمارے داستانوی ادب میں مجبور کس قدر اہم فسانہ گو تھا ۔۔۔۔۔ لیجیے! اب ان دلچسپ کہانیوں کو اپنے ہی زمانے کی زبان میں پڑھ کر آپ بھی لطف اٹھائیے ۔

شمیم احمد

نور تن کہانیاں

(پانچواں حصہ)

افیونیوں کی کہانیاں

کنجوسوں کی کہانیاں

اپنے گھر کا مہمان

ایک دولت مند افیونی بڑا آرام یار باش تھا۔ افیون کی لت کا نتیجہ یہ ہوا کہ آہستہ آہستہ اُس کی دولت ختم ہوگئی اور وہ قلاش ہوگیا۔ نوبت یہاں تک پہنچی کہ کھانے پینے تک کے لالے پڑ گئے اور وہ لاغرو کمزور ہوکر گھر گھسنا ہوکر رہ گیا۔ دن بھر میں پڑا اونگھتا رہتا، اور کچھ کام کاج نہ کرتا۔ ایک دن اُس کی بیوی نے جل بھن کر اُسے مشورہ دیا۔

"اے عزیز صاحبِ تمیز! مردوں کو اس قدر گھر گھسنا نہیں ہونا چاہیے۔ یہ بھی نحوست کا سبب ہے۔ اِس پُر ملامت حالت سے اگر تجھے چھٹکارا پانا ہے تو اُٹھ اور سفر پر نکل۔ اور اتنا کچھ کما کو کے لاکر روزی روٹی کا کام چلے"

اپنی نیک سیرت بیوی کا یہ عمدہ مشورہ سن کر افیونی نے جواب دیا۔

"بہت خوب! میں کل سفر پر نکلوں گا"

غرض کہ وہ اگلے دن سویرے تڑکے ہی سفر کے لیے اپنے گھر سے روانہ ہوگیا۔ جس وقت وہ افیونی شہر کے باہر پہنچا تو وہاں اُسے ایک نہایت عمدہ اور جاں غزا تکیہ نظر آیا۔ اُس وقت میاں افیونی کے دل میں یہ ترنگ آئی کہ اس جگہ بیٹھ کر تھوڑا سا نشہ پانی کرنا چاہیے۔ کچھ دیر یہاں

آرام کیجیے۔ اُس کے بعد اطمینان سے اپنی منزلِ مقصود کی راہ پکڑیے۔

یہ سوچ کر میاں افیونی وہاں بیٹھ گئے اور نئے پانی میں مشغول ہو گئے۔ افیون کھا پی کر وہیں سو گئے۔ خوب پیٹ بھر کے سوئے، اور سوتے سوتے جو یکایک آنکھ کھلی تو کیا دیکھتے ہیں کہ دن بہت تھوڑا باقی رہ گیا ہے۔ یکایک گھبرا کے اُٹھے اور بولے۔

تھک گئے میرے پاؤں تو افسوس

ابھی منزل پڑی ہے کالے کوس

حاصلِ کلام یہ کہ میاں افیونی جلدی سے اُٹھے، ہاتھ میں حُقّہ لیا اور نئے کی حالت میں اونگھتے جھیلتے چل کھڑے ہوئے۔ بھائی نے آگے جانے کے بجائے، جدھر سے آئے تھے اُدھر ہی کا رُخ لیا اور آہستہ آہستہ واپس آ گئے اپنے ہی شہر میں۔ لیکن سمجھے یہ کہ وہ کسی دوسرے شہر میں آئے ہیں۔ چنانچہ ایک شخص سے اِس شہر کا نام پوچھا۔ ظاہر ہے اُس نے وہی نام بتایا جہاں میاں افیونی رہتے تھے۔ افیونی نے جو شہر کا نام سنا تو حیرت میں پڑ گیا اور دِل ہی دِل میں کہنے لگا۔

"سبحان اللہ! خدا کی قدرت بھی عجیب ہے۔ یہ شہر تو ہمارے ہی شہر کا ہم نام ہے۔"

خدا کی قدرت کی دِل ہی دِل میں داد دیتے ہوئے، اور آگے بڑھا اور شہر کے درمیان ایک اور مقام پر پہنچ کر ایک دُکاندار سے پوچھا۔

"اے بھائی! اِس شہر میں کوئی افیونی بھی رہتا ہے؟ تاکہ اُس کے گھر میں صبح و شام اپنے نشے پانی کا بند و بست ہو سکے۔"

دُکان دار نے جواب دیا۔

"اے عزیز باتمیز! فلاں مَحلّے میں فلاں افیونی رہتا ہے۔ تو اُس
کے گھر جائے گا تو تجھے ہر طرح کا آرام مِلے گا۔

ہے نزدیک یاں سے نزدیک دُور ہے
وہ اِس شہر میں خوب مشہور ہے

مَحلّے اور افیونی کا نام سُن کر اب تو میاں افیونی دریائے حیرت میں
ڈوب گئے۔ اور دِل ہی دِل میں کہنے لگے۔

"یہ بھی عجیب و غریب بات ہے۔ یہ افیونی بھی ہمارا ہم نام ہے، اور
تو اور مَحلّے کا بھی وہی نام ہے جو ہمارے مَحلّے کا نام ہے۔ واہ! ایسا حُسنِ
اِتفاق اِس دُنیا میں کم دیکھنے میں آیا ہے!"

لوگوں سے اپنے مَحلّے کا اتا پتا پُوچھتا پاچھتا آخر اپنے گھر کے دروازے
پر جا پہنچا اور دستک دے کر ہانک لگائی۔

"ذرا دروازہ کھول دو بھائی! ایک مُسافر غریب بے نصیب تمھارے
گھر میں مہمان آیا ہے۔"

اپنے گھر پہنچتے پہنچتے رات ہو چکی تھی۔ دروازے پر دستک اور آواز
سُن کر گھر کی ملازمہ نے دروازہ کھولا اور بولی۔

"میاں صاحب! ہمارے گھر کا مالک آج سفر کو گیا ہے مگر آپ بلا
تکلّف اندر تشریف لائیے، آپ کو یہاں کوئی تکلیف نہ ہوگی۔"

ملازمہ کی بات سُن کر افیونی نے دِل میں خیال کیا۔

"واہ بھئی واہ! یہ بھی عجیب اتفاق ہے کہ ہماری اور اِس افیونی کی
ہر جگہ اور ہر معاملے میں برابری چلی آ رہی ہے، یعنی ہم بھی آج ہی سفر
کو نکلے، اور وہ بھی آج ہی سفر پر روانہ ہوا۔ اور تو اور اس کے گھر کی

بناوٹ بھی ہمارے ہی گھر کی طرح ہے۔''

یہ سوچتے ہوئے میاں افیونی دن سے گھر کے اندر داخل ہوئے اور دیوان خانے میں جاکر براجمان ہوگئے۔ مہمان کی خاطر ملازمہ چراغ روشن کرکے دیوان خانے میں لائی تو کیا دیکھتی ہے کہ مسافر تو نہیں بلکہ خود میاں صاحب ہی اپنے مکان میں جلوہ گر ہیں۔ یہ حیرت انگیز ماجرا دیکھ کر دوڑی دوڑی اندر گئی اور بی بی سے کہا۔

''اے بی بی! وہ جو آئے ہیں، وہ کوئی مہمان نہیں۔ خود میاں صاحب تشریف لائے ہیں''

بی بی نے جو یہ کلام سنا تو جھلّا کے بولیں۔

''چل مُردار! کیا جھک مارتی ہے؟ وہ بے چارہ مصیبت کا مارا خدا جلنے کہاں ہوگا؟ اگر وہ ہوتا تو باہر کیوں بیٹھتا۔ بے دھڑک اندر نہ آجاتا''

بی بی کی یہ بات سن کر ملازمہ چپ ہوگئی۔ بی بی نے دل میں سوچا۔

''میرے گھر میں آج ایک انجان مہمان آیا ہے، اور گھر کا مالک ہے نہیں، زیادہ تکلف نہ کر سکوں تو کم از کم ملائی اور میٹھے چاول تو اس کے لیے بھیج ہی دوں تاکہ وہ بھی سمجھے کہ ہاں کسی افیونی کے گھر میں مہمان ہوا تھا''

غرض کہ بی بی نے خوش ذائقہ کھانا پکا کر افیونی کے لیے بھیجا۔ اس خوش گوار کھانے کو دیکھ کر افیونی کو اور حیرت ہوئی، اور دل ہی دل میں کہا۔

''واہ واہ! کیا خوب بات ہے! ہم کو آج کھانا بھی ویسا ہی ملا

بھیسا کر اپنے گھر میں ملتا تھا۔ بہ قول شنیدے۔

حق شکر خورے کو دیتا ہے شکر۔

اُدھر مُلازمہ کو پین کہاں۔ اُس نے اب کی بار بہت غور سے دیکھا تو صاف صاف میاں صاحب ہی نظر آئے، اُس نے پھر بی بی سے آکر کہا۔

"اے بی بی! تم چاہو تو مجھ کو مار کے پُرزے پُرزے کر ڈالو، لیکن میں تو یہی کہوں گی کہ وہ مُسافر نہیں ۔میاں صاحب ہی ہیں" دوبارہ مُلازمہ کی یہی بات سُن کر اب تو بی بی بھی دُبدھا میں پڑ گئی۔ بولی "ٹھیک ہے ۔ ابھی معلوم ہو جائے گا"

یہ کہہ کر بی بی نے دیوان خانے کے دروازے کی دراڑ سے آنکھ لگا کر جو دیکھا تو کیا دیکھتی ہے کہ سچ مُچ مُسافر اُسی انداز سے بیٹھ کر کھانا کھا رہا ہے، جس انداز سے کہ اُس کے میاں صاحب بیٹھ کر کھاتے تھے ۔ یہ دیکھ کر بی بی دبے پاؤں دیوان خانے میں آئی اور میاں افیونی کے پیچھے کھڑی ہو کر خوب غور سے دیکھا تو سچ مُچ اُس کے میاں ہی نظر آئے ۔ یہ دیکھ کر بی بی کو بہت غصّہ آیا۔ اور اُسی غصّے کے عالم میں اُس نے میاں افیونی کی پیٹھ پر زور سے دو تھپڑ مارا اور چیخ کر بولی ۔

"اے بے حیا! تو تو آج سفر کے لیے نکلا تھا۔ تو نے اِس وقت وہ مثل سچ کر دی کہ "صبح کا بھولا جو شام کو آئے تو اُسے بھولا نہیں کہتے" خلافِ توقع یہ ماجرا دیکھ کر میاں افیونی تو ہکّا بکّا رہ گئے اور بہت غور سے اپنی بی بی کو دیکھ کر بولے ۔

"بی بی! یہ بات ہمیں بالکل پسند نہیں! اگر تم یوں ہی ہمارے ساتھ ساتھ پھرو گی اور پیچھے پیچھے لگی رہو گی تو ہم سے تو سفر ہرگز نہ ہو سکے گا"

تیسرا نوکر

ایک افیونی کا روز کا یہ معمول تھا کہ وہ اپنے نوکر سے پندرہ پیسے کا دُودھ منگوایا کرتا تھا لیکن اُسے دُودھ میں کچھ مزہ نہ آتا تھا۔ اُس نے سوچا کہ یہ نوکر ضرور کچھ گھپلا کرتا ہے: پورے پیسوں کا دُودھ نہیں لاتا۔ یہ سوچ کر اُس نے ایک اور نوکر پہلے نوکر کی نگرانی پر رکھا اور اس دوسرے نوکر سے کہا

"بھائی دیکھ! تو روز اس نوکر کے ساتھ جایا کر اور پندرہ پیسے کا دُودھ اِسے لے کر ساتھ لایا کر"۔

دوسرے نوکر نے مالک کا یہ حکم سُن کر جواب دیا۔

"بہت خوب! آپ کا حکم بجا لاؤں گا"۔

جب پہلا نوکر دُودھ لینے کے لیے جانے لگا تو دوسرا نوکر مالک کے حکم کے مطابق اس کے ساتھ ہو لیا۔ راستے میں اس دوسرے نوکر نے پہلا نوکر سے پوچھا۔

"کیوں بھئی! یہ ماجرا کیا ہے؟"

پہلے نوکر نے جواب دیا۔

"ارے یار بات صرف اتنی سی ہے کہ میں اس افیونی سے دُودھ کے لیے روز پندرہ پیسے لیا کرتا تھا لیکن لیتا تھا صرف دس پیسے کا دُودھ۔ اس

میں تھوڑا سا پانی ملا کر اُسے پلا دیا کرتا تھا ۔

"پانچ پیسے اپنے لیے بچ جاتے تھے ۔ اب تو جس طرح کہے گا، وہی کروں گا"

دوسرے نوکر نے یہ ماجرا سُن کر کہا۔

"ٹھیک ہے ۔ اب ایک کام کریں گے ۔ اُس مردُود کے لیے اب سات پیسے کا دودھ لیا کریں گے ۔ اس طرح ہمیں آٹھ پیسے بچیں گے ۔ چار پیسے تیرے اور چار پیسے میرے ۔ پہلے کے مقابلے میں تیرا صرف ایک ہی پیسے کا نقصان ہوگا"

پہلے نوکر نے خوشی سے جھوم کر جواب دیا۔

"واہ! کیا بات ہے ۔ مجھے بھی یہ بات پسند ہے"

غرض کہ وہ دونوں یہی کرتے ۔ سات پیسے کا دودھ خریدتے اور آٹھ پیسے خود آپس میں بانٹ لیتے ۔ اس کا نتیجہ یہ ہوا کہ انیدنی کو جواب دودھ ملتا تو اس میں زیادہ پانی ملا ہوتا اور اُسے پہلے کے مقابلے میں اب وہ زیادہ بدمزہ لگتا ۔ اُس نے پھر سوچا کہ کچھ گڑبڑ ہے ۔ یہ دوسرا نوکر بھی بے ایمان نکلا ۔ اس لیے اب اُس نے ایک اور نوکر رکھا اور اُس سے کہا۔

"میاں! مجھ کو بازار کے دودھ میں کچھ گھپلا معلوم ہوتا ۔ یہ دونوں نوکر بڑے فتنہ گر ہیں ۔ ایسا غبن کرتے ہیں کہ میرا پیسے کا پیسہ برباد جاتا ہے اور دودھ میں خاک مزہ نہیں آتا ۔ سو اب تو ان دونوں کے ساتھ جا کر میرے لیے دودھ خرید کر لایا کر"

اس تیسرے نوکر نے ہاتھ جوڑ کر جواب دیا۔

"حضور! آپ جس کام کو کہیں گے، اُس میں کبھی کھوٹ نہ ہوگا حضور! وہ نوکر نہیں ہوتا مالک کے کام کو تو خراب کرتا ہے"

تیسرے نوکر کی یہ بات سُن کر افیونی بہت خوش ہوا۔

غرض کہ جب پہلے دونوں نوکر حسبِ معمول دُودھ لانے کے لیے روانہ ہونے لگے تو افیونی نے تیسرے نوکر سے کہا۔

"لو میاں! اِن دونوں بے ایمانوں کے ساتھ جاؤ اور ہمارے لیے خالص دُودھ لے کر آؤ! لیکن خبردار! یہ دونوں ناہنجار کچھ غبن نہ کرنے پائیں۔ اگر اب بھی ویسا ہی بُرا دُودھ آیا تو میں تم سے بھی خفا ہو جاؤں گا"

افیونی مالک کے حُکم سے تیسرا نوکر بھی پہلے دونوں نوکروں کے ہمراہ پندرہ پیسے کا دُودھ خریدنے کے لیے روانہ ہوا۔ راستے میں اُس نے دونوں سے پُوچھا۔

"اے بھائیوں! یہ کیا ماجرا ہے۔ سچ سچ کہو! میں بھی ہر حال میں تمہارا شریک ہوں"

"میاں!" پہلے نوکر نے جواب دیتے ہوئے کہا۔ "سچی بات یہ ہے کہ مالک پندرہ پیسے کا دُودھ منگواتا تھا۔ مگر میں صرف دس پیسے کا دُودھ خرید کے اُس میں کچھ پانی ملا دیا کرتا تھا اور باقی پانچ پیسے خود رکھ لیا کرتا تھا۔ لیکن جس وقت سے یہ دوسرے صاحب میری نگرانی پر رکھے گئے تو یہ طے ہوا کہ اُس کے لیے بات پیسے کا دُودھ کافی ہے۔ آٹھ پیسے یہ اور میں بانٹ لیتے ہیں۔ پہلے مجھے پانچ پیسے ملتے تھے اب چار ہی ملتے ہیں، ایک پیسے کا میرا نقصان ہو گیا ہے۔ خیر! اب جو تو آیا ہے تو جو کچھ تو کہے گا ہم دونوں اُس پر راضی ہیں"

یہ ماجرا سُن کر تیسرے نوکر نے کہا۔

"اچھا اب یوں کرو۔ چھ پیسے مجھے دو! چھ پیسے تم دونوں آپس میں

بانٹ لو! تم دونوں کو تین تین پیسے ملیں گے، تمہارا بس ایک ایک پیسے کا ہی نقصان ہوگا۔ باقی رہے تین پیسے تو وہ افیونی کے دودھ کے لیے بہت کافی ہیں۔ دودھ لانے کا کام اب مجھ پر چھوڑ دو، میں اِس افیونی جنونی سے نپٹ لوں گا''

پہلے دو نوں نوکروں نے تیسرے نوکر کی یہ شرط منظور کر لی۔ پندرہ پیسے میں سے تین پیسے پہلے نوکر نے لیے، تین پیسے دوسرے نے اور چھ پیسے تیسرے نے۔ اِس بٹوارے کے بعد تیسرے نوکر نے یہ حرکت کی کہ بچے ہوئے تین پیسوں کی چھچا بھر ملائی خریدی اور افیونی کے گھر لا کر طاق میں رکھ دی۔

جس وقت افیونی نے افیون سے نشہ پانی کیا اور اُسے خوب نشہ چڑھ گیا تو اِس فتنہ گر تیسرے نوکر نے یہ حرکت کی کہ میاں افیونی کی دونوں مونچھوں پر تھوڑی تھوڑی ملائی لگا دی، اور خود وہاں سے کھسک گیا۔ جب کچھ دیر کے بعد افیونی کا نشہ اُترا اور اُس کی آنکھ کھلی تو اس تیسرے نوکر کو بلوا کے پوچھا۔

''کیوں میاں! دودھ لائے یا نہیں''

تیسرے نوکر نے ہاتھ جوڑ کر جواب دیا۔

''حضور! میں دودھ لایا تھا، اور آپ نے توپی بھی لیا۔ اُس دودھ کو پیتے آپ کو بڑی ہوئی۔ میاں دودھ پینے کے بعد آپ نے اب تک کُلی بھی نہیں کی۔ ذرا آپ اپنی مونچھوں پر ہاتھ لگا کر تو دیکھیے''

یہ سُن کر میاں افیونی نے مونچھوں کو جو ہاتھ لگایا تو ہاتھ ملائی میں بھر گیا۔ یہ دیکھ کر جھٹ تیسرا نوکر بولا۔

"دیکھا میاں! کیا ملائی دار خوش ذائقہ دُودھ تھا کہ جب کی جھلی آپ کی مونچھوں پر جم گئی"

تیسرے نوکر کی اِس بات سے خوش ہو کر میاں افیونی بولے۔

"واہ میرے یار! یہ دُودھ تو بہت عمدہ اور ذائقہ دار تھا۔ شاباش! اب اگر تو ہمیشہ مجھے اِسی طرح کا دُودھ لا کر دیا کرے گا تو میں بھی تجھے خوش کر دوں گا"

———————

گنّے کا کھیت

ایک مرتبہ کا ذکر ہے کہ دو افیونیوں نے آپس میں بیٹھ کر یہ مشورہ کیا کہ ہم لوگوں کو مل کر کوئی ایسا کام کرنا چاہیے کہ جس سے ہم لوگوں کے کھانے پینے کا اچّھی طرح بندوبست ہو اور بسراوقات اچّھی طرح ہو۔ اور کبھی افیون کی بھی کوئی کمی نہ ہو۔ چنانچہ ایک افیونی نے یوں خیال ظاہر کیا۔

"آؤ ہم تم دونوں شرکت میں مٹھائی کی ایک شاندار دُکان کھولیں"۔

دوسرے افیونی نے کہا!

"اے یارِ غم خوار! واقعی تیری یہ تدبیر نہایت خوب ہے لیکن اے بھائی، شہر کے بازار میں مٹھائی کی دُکان کھول کر بیٹھنا اور مٹھائی بیچنا عزّت میں بٹّہ لگنے والی بات ہوگی۔ اس سے تو بہتر ہے کہ کسی کھیت میں گنّے بوئے جائیں اور جب گنّے تیار ہو جائیں تو اس وقت ان کو بیچ کھائیں۔ اور کھیت ہی میں ہم تم چھُریاں اور قرولیاں لے کر بیٹھیں — پھر مثلاً ہم نے تڑاق سے ایک گنّا توڑا، چھیلا اور کھایا۔

یہ بات سُن کر پہلا افیونی بولا۔

"نہ بھائی! میں تو دو گنّے تڑاق تڑاق سے توڑوں گا اور کھاؤں گا"۔

دوسرے افیونی نے پہلے افیونی کے سر پر دھول مار کر کہا۔

"اے فساد کی گانٹھ! فتنے کی جڑ! تو ایسا کہاں کا زبردست عرش کا تارا ہے جو مجھ سے ایک گنّا تو زیادہ کھائے گا۔"

غرض کہ اتنی سی بات پر دونوں افیونیوں میں تو تو میں ہونے لگی اور جھگڑا اتنا بڑھا کہ معاملہ شہر کوتوال کے روبرو پیش ہوا۔ یہ حیرت انگیز ماجرا سُن کر کوتوال نے کہا۔

"نہ بھئی! ہم تمہارے اس مقدمے کا فیصلہ نہیں کر سکتے۔"

کوتوال کے یہاں سے ناکام ہونے کے بعد دونوں افیونی اپنے اس مقدمے کو فوجدار کے پاس لے کر گئے۔ فوجدار نے اُن سے پوچھا۔

"تم نے کس جگہ گنّے کا کھیت بویا تھا، جو یہ واقعہ پیش آیا؟"

وہ افیونی جس نے ایک گنّا کھانے والی بات کہی تھی، بولا۔

"حضور! اُس نے اور ہم نے یہ طے کیا تھا کہ جہاں گنّے کا کھیت بویا جائے۔ میں نے اس سے یہ کہا تھا کہ وہیں کھیت ہی میں بیٹھ کر میں ایک گنّا توڑوں گا، چھیلوں گا اور کھاؤں گا۔ میری اس بات کے جواب میں اس نے کہا کہ میں تو دو گنّے کھاؤں گا۔ سو حضور! میں نے اس بات پر اس کے ایک دھول ماری۔ اب سرکار آپ ہی فیصلہ کیجیے کہ یہ مجھ سے ایسا کہاں کا بڑا ہے جو میرا شرکت دار ہو کر دو گنّے کھائے گا۔"

یہ قصہ سُن کر فوجدار نے جواب دیا۔

"تمہارے اس قصے کو سُن کر میں اس نتیجے پر پہنچا ہوں کہ تم دونوں کا حصّہ برابر برابر ہونا چاہیے۔ لیکن تم نے جو وہ گنّے کھیت

میں بولتے ہیں پہلے اُن کا ٹیکس ادا کرو۔ اُس کے بعد ہی اُن گنّوں پر تمہارا حق ہوگا۔

غرض کہ بے چارے دونوں افیونیوں نے بن بوئے کھیت کا جُرمانہ ادا کیا اور وہاں سے دفع ہوئے۔

———————————

گھوڑا کہاں ہے؟

ایک افیونی تھا۔ اُس کا نوکر بھی افیونی تھا۔ ایک دفعہ یوں ہوا کہ افیونی اپنے گھوڑے پر سوار ہو کر کہیں جانے کے لیے سفر پر نکلا ۔ نوکر بھی اُس کے ساتھ تھا۔ راستے میں وہ دونوں ایک جگہ ٹھہر گئے تاکہ نشہ پانی کر کے اور تازہ دم ہو کر پھر چلیں ۔ گھوڑے کو قریب ہی میں ایک درخت سے باندھ کر کھڑا کر دیا ۔ جب مالک اور نوکر دونوں نشے پانی سے فارغ ہو چکے تو چلنے کے لیے اُٹھ کھڑے ہوئے۔ مالک افیونی نے نوکر افیونی سے کہا۔

"دیکھ بھائی! خبردار کچھ بھولنا نہیں کیونکہ یہ مُسافری ہے"۔
مالک کی یہ بات سُن کر نوکر افیونی بولا۔

"صاحب! کچھ بھولنے کا کیا سوال ہے؟ جہاں تک میرا خیال ہے، آپ کے پاس افیون کا ڈبّہ ہے اور میرے پاس حُقّہ اور کوئلوں کی تھیلی۔ ظاہر یہ تو کوئی چیز بھولے نہیں، باطن کی خدا جانے شعر

کچھ ابھی ایسا نشہ بھی تو نہیں
بھول جائیں چیز کو جو ہر کہیں"

غرض یہ کہ وہ دونوں اپنی منزل کی طرف چل نکلے ۔ چند قدم چلنے کے

بعد مالک افیونی نے نوکر افیونی سے پھر پوچھا۔

"کیوں بھائی! کچھ بھولے تو نہیں ہو۔ دیکھ مجھے کچھ ٹھیک ہو رہا ہے اب بھی موقع ہے، رک کر دیکھ لے اور اطمینان کر لے"

نوکر نے پھر جواب دیا۔

"صاحب! آپ کو تو خواہ مخواہ کچھ وہم ہو گیا ہے۔ میرا سامان میرے پاس ہے اور آپ کا سامان آپ کے پاس۔ پھر کچھ بھولنے کا کیا سوال ہے؟"

اِس بات چیت کے بعد دونوں پھر چل کھڑے ہوئے اور آخر کار ایک شہر کی سرائے میں پہنچ گئے۔ سرائے کی دُلاری نامی بھٹیاری سے بولے۔

"اے بھٹیاری! جلدی سے کھانے دانے اور گھاس کا بندوبست کر دے کیونکہ ہم لوگ افیونی ہیں۔ ہم کو بھوک اور پیاس کی برداشت نہیں"

بھٹیاری نے یہ فرمائش سُن کر دانا اور گھاس منگوایا اور کھانا پکانے میں مصروف ہو گئی۔ کچھ دیر بعد بھٹیاری کو خیال آیا کہ میاں صاحب نے دانا گھاس تو منگوایا پر اُن کا گھوڑا تو کہیں نظر نہیں آیا۔ اُن کے ساتھ تو آیا نہیں، شاید تھکن کی وجہ سے پیچھے رہ گیا ہو۔ اِسی وجہ سے اب تک یہاں نہیں پہنچا۔ ہوتے ہوتے شام ہو گئی۔ تب بھٹیاری نے نوکر افیونی سے پوچھا۔

"اے عزیز با تمیز! دانہ گھاس میرے پاس تیار رکھا ہے اور تیرا گھوڑا ابھی تک نہیں آیا۔ اِس کا کیا مطلب! کیا کچھ لوگ پیچھے رہ گئے ہیں یا گھوڑا ہی تھکن کی وجہ سے میاں کی سواری کے قابل نہ تھا؟"

نوکر افیونی نے جو یہ وحشت اثر بات سُنی تو اُس کے تو ہوش اُڑ گئے اور دل میں کہا "واقعی، میاں سچ کہہ رہے تھے کہ کچھ بھولے تو نہیں۔ معلوم ہوا کہ شاید گھوڑا ہی بھول گئے" آخرکار نوکر افیونی بھاگا بھاگا اپنے مالک کے پاس آیا اور بولا۔

"میاں غضب ہو گیا! بھٹیاری پوچھ رہی ہے کہ تمہارا گھوڑا کہاں ہے؟ دانہ گھاس خراب ہو رہا ہے"

نوکر افیونی کی یہ بات سُن کر مالک افیونی نے غُصّے ہو کر کہا۔

"کیوں بے گدھے! میں نہ کہتا تھا کہ کچھ بھولے ہیں۔ آخر کو میرا کہا سچ ہوا"

"ہاں میاں! آپ نے سچ ہی کہا تھا" نوکر نے مُنہ لٹکا کے جواب دیا۔ غرض وہ دونوں اُلٹے پاؤں، بلتے جھلتے گھوڑے کی تلاش میں دوڑ پڑے۔

دودھ کا گاہک

ایک افیونی نشے کی حالت میں ایک اہیر کے گھر رات کے وقت دُودھ لینے گیا۔ اہیر کی بیوی نے اُس سے کہا۔

"میاں صاحب! اس وقت اگر تمہیں من چلے کا بالکل خالص دُودھ چاہیے تو تھوڑی دیر ٹھہر جاؤ۔ میں تم کو اچھے سے اچھا بے پانی دُودھ دوں گی"۔ اہیرنی کی یہ بات سُن کر میاں افیونی 'بے پانی دُودھ' کے انتظار میں، ایک طرف کو کھڑے ہو گئے۔ کھڑے کھڑے افیون کے نشے نے جو زور پکڑا تو وہ اپنی جگہ ایسے جمے کہ اگر سر کی پگڑی کوئی اُچکا اُچک لے جائے تو بھی میاں جی کو خبر نہ ہو۔ اہیرنی کو ان کا خیال نہ رہا۔ رات کا اندھیرا بھی بڑھ گیا تھا۔ وہ اپنے کام کاج سے فرصت پا کر اپنے گھر کی مٹی بند کر کے آرام سے سو گئی۔ اور میاں افیونی جُوں کے توں وہیں جمے کھڑے رہے۔

اب اتفاق ایسا ہوا کہ رات میں کسی وقت بوجھ سے لدا ایک چھکڑا اُس راستے سے گزرا۔ گاڑی بان اندھیرے کی وجہ سے ہر آن "ملوٹش پوئش" کرتا جا رہا تھا۔ حالتِ نشہ ہی میں یہ آواز جو میاں افیونی کے کان میں پڑی تو وہ ذرا سے سرک کر اہیر کے دروازے کی مٹی سے

ٹیک کر کھڑے ہو گئے۔ وہ چھکڑا تو وہاں سے گزر گیا لیکن افیونی کو ایسا نشہ چڑھا کہ ساری رات ٹٹی سے لگے کھڑے رہے، یہاں تک کہ صبح ہو گئی۔ صبح تڑکے ہی امیر بی اٹھی۔ اور بھینسوں کے دانے پانی میں لگ گئی۔ میاں افیونی کے کان میں جو بالٹی سے پانی انڈیلنے کی آواز آئی تو وہ نشے سے چونک کر بے اختیار بول پڑے۔

"ارے او کم بخت! میرے دودھ میں پانی نہ ملانا، نہیں تو جوتیاں مار مار کے تیرا سر گنجا کر ڈالوں گا"

اتنی صبح صبح یہ واہیات بات سن کر امیر بی نے جو ٹٹی کھولی تو میاں افیونی دھڑام سے گر پڑے۔ اور جھنجھلا کر بولے۔

"ابے او اندھے چھکڑے والے! میں اس قدر الگ بچ کر کھڑا تھا، لیکن تو نے یہاں بھی مجھ کو دھکا دے کر گرا دیا، الشعار

خدا تیرے چھکڑے کو غارت کرے
اگاڑی کا یا بیل تیرا مرے
کہ جس سے ترے باپ دادا کی لیک
بنے اور تو در بہ در مانگے بھیک"

میاں افیونی کی یہ عجیب و غریب بات سن کر امیر بی بولی۔

"اے عزیز با تمیز! تو شام سے اب تک یہیں کھڑا تھا؟" رحمت خدا کی!" شعر

جو افیون ایسی ہی تو کھائے گا
تو اک روز پینک میں مر جائے گا"

———

کنجوسوں کی کہانیاں

کرامت والی کَشتی

ایک مرتبہ کیا ہوا کہ ایک کنجوس، جو بڑا ڈاشمست وکاہل اور تباہ حال تھا، اپنے گھر سے کہیں چلا گیا تھا، اور اُس کی نیک سیرت بیوی چرخا کات کات کر بسر اوقات کرتی تھی۔ خدا کی قدرت سے یہ ہوا کہ ایک دن اُس کے یہاں ایک روشن ضمیر اور خوش تقریر فقیر آیا اور کچھ سوال کیا۔ اُس نیک طینت عورت نے فوراً وہ سارا آٹا اُٹھا کر فقیر کو دے دیا جو اُس نے اپنی روٹی پکانے کے لیے رکھا تھا۔ فقیر نے جو عورت کی یہ نیکی دیکھی تو اُس سے پوچھا۔

"اے نیک بی بی! تیرا دنیوی کام کاج کیوں کر چلتا ہے؟"

اس روشن ضمیر اور کرامات والے فقیر کی یہ بات سن کر اُس بے چاری نے جواب دیا۔

"اے حضرت سلامت! میرا شوہر نہ جانے کہاں چلا گیا ہے۔ اب میں صبح و شام چرخا کات کے زندگی کے دِن کاٹ رہی ہوں شکر اور کیا تم سے میں کہوں حضرت
تم پہ روشن ہے سب مری حالت

فقیر نے جب عورت کی یہ بتا سنی تو اُس نے اپنی جھولی سے ایک

بے مثال کشتی نکال کر عورت کو دی اور کہا ۔

’’اے افلاس زدہ بی بی ! جس وقت تجھ کو اور تیرے گھر والوں کو ضروری اخراجات کے لیے روپیوں پیسوں کی حاجت ہو تو اُس وقت تو اس کشتی کو پاک صاف زمین پر رکھنا اور یہ دُعا مانگنا کہ اے پروردگارِ عالم اور اے دونوں جہاں کے مالک ! حضرت خواجہ خضر علیہ السلام کے صدقتے میں مجھ کو ایک ہزار روپے خزانہ غیب سے عنایت کر دے ؛ تب اے نیک بی بی ! اس قیمتی اور پُر کرامات کشتی کے خواص سے تجھ کو ایک ہزار روپے ملیں گے اور تیرے پڑوسیوں کو دو ہزار روپے حاصل ہوں گے ‘‘

یہ خوش خبری سُن کر وہ نیک بی بی بولی ۔

’’اِس سے اچھی کیا بات ہو گی کہ میرے ساتھ ملنے والے بھی رنجم و غم اور افلاس سے چھٹکارا پائیں گے اور مجھ پر رشک کرنے اور مجھ سے جلنے والا کوئی نہ ہوگا ۔

غرض کر اس روشن ضمیر فقیر نے وہ کشتی اُس عورت کو دی اور اپنی راہ پکڑی ۔ اُس کے جانے کے بعد عورت نے اپنے گھر کی زمین لیپ لاپ کر پاک صاف کی ۔ بڑے اہتمام سے وہ کرامات والی کشتی زمین پر اپنے سامنے رکھی اور نہایت دِل لگا کر اللہ میاں سے یہ دُعا مانگنے لگی ۔

’’اے خالق اکبر ! حضرت خواجہ خضر کے اِس صدقتے میں مجھ پریشان حال اور غریب کو ایک ہزار روپے خزانہ غیب سے عنایت کر دے ‘‘!

اللہ تعالیٰ نے اُس کی دُعا قبول کی ۔ اُسے ایک ہزار روپے ملے اور سب ملنے والوں کو دو دو ہزار روپے حاصل ہوئے ۔ رفتہ رفتہ اس

غیر متوقع اور خزانۂ غیب سے ملنے والی دولت کے بدولت سب ملنے والے بہت مال دار ہوگئے اور سب نے نہایت عالی شان اور پختہ مکانات بنوالیے۔ اُس عورت نے بھی اپنے لیے نہایت عمدہ اور خوبصورت مکان بنوا لیا۔

کچھ عرصے بعد اُس عورت کا شوہر، پریشان حال، تھکا ہارا، آوارہ گردی کرتا بھٹکتا بھٹکتا جو اپنے گھر کی طرف واپس آیا تو کیا دیکھتا ہے کہ اُس کا سارا محلّہ جگ مگار ہا ہے۔ اُس نے جب یہ عالم دیکھا تو ایک شخص سے پوچھا۔

''اے بھائی! فلاں شخص کا ویران مکان کہاں ہے؟''

آخر کار جب وہ پتہ پوچھ کر اپنے عالی شان مکان کے پاس آیا اور اپنے پُرانے بے نشان مکان کی کچھ نشانی دیکھ بھال کر گھر کے اندر جانے لگا تو ایک چوکی دار نے اُسے روکا اور کہا۔

''ابے او کنگال! کہاں جاتا ہے؟ اگر تو بھیک مانگنے آیا ہے تو باہر سے سوال کر، یہاں کے سنی ہاتھوں سے تیری تمنّا کی جھولی بھر جائے گی''

چوکی دار کی یہ بات سُن کر کنجوس ترش رخ کر بولا۔

''اے مردود! میں اِس گھر کا مالک ہوں''

یہ احوال جب اُس کی نیک سیرت بی بی نے سُنا تو چقیں پردے چھڑوا کر اُسے مکان عالی شان میں بلوایا۔ اُس کے اُٹھنے بٹھنے کے طور طریق سے اُسے پہچانا کہ یہ واقعی اُس کا شوہر ہے۔ تب اُس نیک بی بی نے اُسے غسل دلوایا اور نفیس نفیس اور صاف ستھرے کپڑے پہنوائے۔ لیکن وہ کنجوس تھا بڑا ذلیل۔ اپنے دِل میں کہنے لگا۔

"خداوندا! یہ خواب ہے یا بیداری! کبھی ایسا دیکھنے کا اتفاق اِس دُنیا میں نہ ہوا تھا"

جب اُس کی کچھ سمجھ میں نہ آیا تو آخرکار اپنی بیوی سے پوچھا۔

"اے بی بی! خدا کے واسطے سچ سچ بتا کر سب محلّے والوں کے یہ عالی شان مکان تیری عمارت سے دوگنے اُونچے کیوں ہیں۔اور اے نیک بخت! یہ دولت اور یہ شان و شوکت تجھ کو کہاں سے ہاتھ آئی؟"

بے چاری اُس بھولی بھالی اور خدا ترس عورت نے سارا واقعہ شروع سے آخر تک اُس حاسد اور تنگ دِل کنجوس کو بتا دیا۔

کشتی اور اُس کی ایسی عجیب و غریب کرامت کا حال سن کر کنجوس مکّھی چُوس نے اپنی نیک صفت بیوی کے زور سے ایک دو ہتھڑ مارا اور چیخ کر بولا۔

"اے کم بخت! او سیاہ! تیرے لیے یہی بہتر تھا کہ تو زندگی بھر پہر خاکات کات کے ایڑیاں رگڑ رگڑ کر مر جاتی پر محلّے والوں کو اِس قدر مالامال نہ کرتی۔خیر اب جو ہوا، سو ہوا، لیکن وہ کشتی اب تو میرے پاس لے کرا، میں بھی تو دیکھوں وہ کیسی پُر کرامت ہے ۔ وہ کشتی ہے یا دولت کی جڑ!"

غرض کہ کنجوس مکّھی چوس نے وہ کراماتی کشتی اپنی بیوی سے ہتھیالی اور پاک صاف زمین پر اُسے رکھ کر بولا۔

"اے خالقِ اکبر! حضرتِ خواجہ خضر کے صدقے میں میرے دو مکان چھت اور سائبان سمیت ڈھے جائیں"

اِس بد دُعا کا مُنہ سے نکلتا نہ تھا کہ اُس کنجوس کے دو مکان ویران ہو

گئے اور محلّے والوں کے چار چار مکان بے نشان ہو گئے۔ دوسرے روز اُس نے کشتی کو پھر اپنے سامنے رکھا اور یہ بد دُعا دی۔

"اے ذاتِ باری! حضرت خواجہ خضر کے صدقے میں میرے گھر کے آس پاس پچاس کنویں ہو جائیں"۔ سو یہ ہوا کہ اُس کے گھر کے آس پاس تو پچاس کنویں کھُد گئے جبکہ محلّے والوں کے گھروں کے ارد گرد سو سو کنویں کھُد گئے۔ تیسرے روز اِس بد بخت نے یہ دُعا مانگی۔

"اے جن و بشر کے بنانے والے! حضرت خواجہ خضر کے صدقے میں میری ایک آنکھ اور ایک کان جھڑ جائے"۔ اِس کے نتیجے میں کنویس خود تو کانا اور ایک کان سے بوجھا ہو گیا لیکن سارے محلّے والے بالکل اندھے اور دونوں کانوں سے بوجھے ہو گئے۔ جب سارے محلّے والوں پر اچانک اِس طرح کی مُصیبتیں اور بلائیں نازل ہونے لگیں تو وہ زچ ہو گئے اور آپس میں مل کر کہنے لگے۔

"یارو! یہ تو بڑا غضب ہے کہ اُس ملعون کا تو صرف ایک ہی نقصان ہوتا ہے اور ہم سب کے ہر وقت دو بڑے نقصان ہوتے ہیں"۔

غرض کہ سارے محلّے والے آپس میں صلح مشورہ کر کے اُس ذلیل اور حاسد کنجوس کے پاس آئے اور اُس سے بولے۔

"اے عزیز با تمیز! تو اِس ناشائستہ حرکت سے باز آ جا، کیونکہ نامن ہم لوگوں کا نقصان ہو رہا ہے"۔

محلّے والوں کی یہ بات سن کر کنجوس نے جواب دیا۔

"بھائیوں! یہ کیا غضب ہے کہ مجھ کو تو صرف ایک ہزار روپے ہی

رہیں اور تم کو دو ہزار روپے حاصل ہوں شعر
ہائے اس رشک سے نہ کیوں کراہ
حال بجھے خستہ حال کا ہو تباہ"
کنجوس کی زبانی یہ حاسدانہ بات سن کر سب ملنے والوں نے کہا۔
"اے عزیز نا چیز! اچھا ایک کام کر۔ ہم لوگوں کے پاس جو دولت تجھ سے دوگنی بلکہ تگنی ہے' وہ سب تو ہم سے بخوشی لے لے اور اس کشتی کو حضرت خواجہ خضر کے نام پر دریا میں چھوڑ دے"۔
غرض کہ اُس ذلیل اور جنونی کنجوس نے روپوں پیسوں کے لالچ اور اُس سے دوگنا مال حاصل کرنے والے لوگوں کے رشک سے اُس بے مثال اور پُر کرامت کشتی کو دریا میں بہا دیا۔

حضرتِ رمضان

ایک کنجوس کے گھر قسمت کا مارا ایک موسیقار آیا۔ بے چارے موسیقار نے گھنٹوں اپنی بے مثل موسیقی سے کنجوس کا دِل بہلایا، مگر کنجوس نے ایک پیسہ بھی موسیقار کو انعام میں نہ دیا۔ جب وقتِ محفل برخواست ہوئی تو کنجوس نے اپنے خان ساماں سے کہا۔

"میاں اِس مہمان کو کچھ کھانا وانا کھلا پلا دینا۔"

خان ساماں کو یہ حکم دے کر کنجوس تو اپنی خواب گاہ میں جا کر سو گیا، اُدھر بے چارہ موسیقار بے دھڑک خان ساماں کے پاس گیا اور اُس سے کہا۔

"بھائی! مارے بھوک کے تو میرا دم نکلا جا رہا ہے۔ خدارا جلدی مجھے کچھ کھانے کو دو تاکہ میرا دم میں دم آئے۔"

خان ساماں نے موسیقار کی یہ معصومانہ بات سُن کر جواب دیا۔

"معلوم ہوتا ہے تو اِس گھر میں کوئی انجان مہمان آیا ہے۔ ایسی ہی بھوک لگی ہے تو ذرا سانم کھا لے۔ اِس گھر کے کھانے پینے کی ربیت کا راز تجھ پر خود بہ خود کھل جائے گا۔"

خان ساماں کی یہ دِل شکن بات سُن کر موسیقار بے چارہ کُڑ مُڑا کر

چپ ہوگیا۔ اُتر کرتنا بھی کیا۔ ناچار بھوکا پیاسا ، مایوس ہوکر دیوان خانے کے ایک کونے میں سر منہ پیٹ لپیٹ کر سو گیا۔

اور جب صبح ہوئی تو کنجوس اپنی خواب گاہ سے برآمد ہوا اور موسیقار سے بولا۔

"رات کو خان ساماں نے تیری کیسی خاطر مدارات کی ؟"

موسیقار بے چارہ بھوک پیاس سے بے تاب ہو رہا تھا۔ کنجوس کی یہ بات سُن کر اُسے غُصہ تو بہت آیا پر مروّت کی وجہ سے کچھ سخت سُست کہنے کے بجائے نہایت نرمی سے بولا۔

"خداوند نعمت! رات کی خاطر مدارات کے کیا کہنے۔ سُبحان اللہ! اب تک مسرور مدہوش ہوں۔ رات آپ کے مکان پر ایک ایسی زیارت میسر آئی کہ جس کا بیان ، بیان سے باہر ہے"۔

کنجوس نے مُسکرا کر پوچھا۔

"اچّھا! بھائی مجھے جلدی بتا کر تجھے یہاں کیسی زیارت حاصل ہوئی ؟"

موسیقار نے کنجوس کی بلائیں لیتے ہوئے کہا۔

"قربان جاؤں! آپ کی عنایات اور مہربانیوں سے سیر ہوکر یہ غلام دیوان خانے میں سو رہا تھا کہ یکایک کیا دیکھتا ہوں کہ آپ کے اِس عالی شان مکان کے صحن میں ایک سبز پوش بزرگ اِدھر سے اُدھر ٹہل رہے ہیں۔ غلام اُن کے رو برو حاضر ہوا اور ہاتھ جوڑ کر اُن سے پوچھا۔

"اے حضرت سلامت! آپ کون بُزرگ ہیں ؟ جو اِس جگہ تشریف لائے"۔

میرا یہ سوال سُن کر حضرت نے جواب دیا۔

"اے عزیز با تمیز! میں حضرتِ رمضان المبارک ہوں۔ سال کے بارہ مہینوں میں سے ایک مہینہ دنیا کے تمام عام و خاص لوگوں کے گھروں میں رہتا ہوں اور گیارہ مہینے اس ویران مکان میں میرا قیام رہتا ہے، حضرت کا یہ کلام سن کر میں چاہتا تھا کہ اُن کے مبارک قدموں پر اپنا سر کد کر کچھ اپنی حالتِ پُر ملامت کا ذِکر کروں، مگر اُسی وقت بدقسمتی سے اچانک میری آنکھ کھل گئی اُس کے بعد پھر وہ مجھے نظر نہ آئے۔ مگر اُن کی زیارت سے وہ سرور آیا کہ بھوک پیاس کی شدت بھی بھول گئی۔"

موسیقار کی یہ بات سن کر وہ کنجوس اپنے دل میں بہت شرمندہ ہوا۔

____

کبھی مشرق، کبھی مغرب

ایک دفعہ کا ذکر ہے کہ کسی کنجوس مکھی چوس کے گھر ایک موسیقار بطورِ مہمان آیا۔ گانے بجانے کی خوب خوب محفل جمی ۔ جب گانا بجانا ختم ہو گیا تو کنجوس مکھی چوس اپنے پلنگ پر لمبی تان کر سو گیا۔ بے چارہ موسیقار انعام و اکرام کی اُمید میں بہت دیر تک بیٹھا رہا۔ آہستہ آہستہ یہ ہوا کہ سب خدمت گار سو گئے اور کچھ اپنے اپنے گھروں کو کھانا کھانے کے لیے چلے گئے ۔ موسیقار تنہا بیٹھا سوچ ہی رہا تھا کہ اب کیا کرے تو اُس کی نظر ایک کونے میں پڑی جہاں ایک خوان میں کچھ مٹھائی سبی سجائی رکھی تھی ۔ موسیقار نے یہ موقع غنیمت جانا اور لپک کر خوان کی مٹھائی کھانے لگا۔ جب خوب سیر ہو گیا تو چپکے سے ایک کونے میں پڑ کر سو گیا ۔

جب صبح ہوئی تو کنجوس مکھی چوس بینڈ رہ سے بیدار ہوا۔ ہاتھ مُنہ دھو کر دیوان خانے میں آیا۔ اُسے دیکھ کر موسیقار اُس کے قریب آیا اور دوزانو بیٹھ کر اور ہاتھ جوڑ کر بولا ۔

"حضور! آپ تو محفل کے بعد آرام سے جا کر سو گئے ۔ یہ بندہ بھی گرمی کی شدت سے یہیں سو گیا تھا"
کنجوس نے جواب دیا ۔

"اے عزیز با تمیز! تو نے بہت اچھا کیا۔ لے ایک بات سُن! آج رات میں نے ایک بڑا عجیب و غریب خواب دیکھا۔ میں نے دیکھا کہ میں اپنے گھوڑے پر سوار ہوں اور کبھی مشرق کی طرف نکل جاتا ہوں اور کبھی مغرب کی طرف! ابھی مشرق میں ہوں تو ایک سیکنڈ بعد مغرب میں۔"

کنجوس کے اس خواب کا حال سُن کر موسیقار بولا ۔

"خداوندِ نعمت! یہ غلام ناکام بھی رات کو ایک بڑی عجیب و غریب مُصیبت میں پڑ گیا تھا۔ ایسی مُصیبت کہ بس کیا بیان کروں شعر

دردِ دِل کُچھ کہا نہیں جاتا

آہ چُپ بھی رہا نہیں جاتا

حضور! یہ آپ کا غلام اس مکان میں رات نہایت اطمینان اور آرام سے سو رہا تھا کہ یکایک دیکھتا ہے کہ دو آدمی نہایت ڈراؤنی صورت کے، بالکل دیووں کی طرح، آئے اور بندے کو دبوچ کر کہنے لگے۔

"اے جوان! اس خوان کی ساری مٹھائی کھا جا، نہیں تو تھپڑ مار مار کے تجھے موت کا مزہ چکھا دیں گے۔"

حضور! اِس غلام ناکام نے بہت انکار کیا۔ بہتیرے بہانے بنائے، لیکن اُنھوں نے ایک نہ سُنی، اور خوب جُوتے مار مار کے مجھے وہ مٹھائی کھلوائی ۔

موسیقار کی یہ دِل شِکن بات سُن کر کنجوس کے مکھی چُوس کے تو ہاتھوں کے طوطے اُڑ گئے۔ گبرا کر جھٹ سے بولا۔

"ہیں! اے بدذات! تو نے اُس وقت مجھ کو کیوں نہ جگایا؟ میں اُن دونوں کم بختوں سے نپٹ لیتا۔ ہائے میری مٹھائی۔"

موسیقار نے کنجوس کی بات سُن کر جواب دیا۔

”واہ حضور واہ! آپ بھی کیا بات کرتے ہیں! آپ اُس وقت بھلا مجھ غریب کے ہاتھ کہاں آتے؟ جو آپ سے سارا حال کہتا۔ اُس وقت تو آپ کبھی مشرق میں رونق افزا ہو رہے تھے اور کبھی مغرب کو تشریف لے جا رہے تھے۔ اِتنی دُور آپ تک کیسے پہنچتا“

موسیقار کا یہ جواب سُن کر کنجوس مکّھی چُوس بہت شرمندہ ہوا۔

———————————

دو کنجوسوں کی مُلاقات

کسی شہر میں ایک نامی گرامی کنجوس رہتا تھا۔ اس کا یہ معمول تھا کہ وہ اپنے کھانے پینے پر روزانہ ایک پیسہ خرچ کیا کرتا تھا۔ اُس کی کنجوسی کے چرچے جب کسی دوسرے شہر کے مشہور کنجوس نے سُنے تو اُس نے سوچا کہ چل کر اُس سے ملنا چاہیے اور اُس کی کنجوسی کا حال معلوم کرنا چاہیے۔ سو دوسرے شہر کا کنجوس بڑی مصیبتیں جھیلتا ہوا پہلے شہر والے کنجوس کے پاس آیا اور گزر اوقات کا حال پُوچھا۔ دوسرے شہر کے کنجوس کے جواب میں وہ بولا۔

''اے عزیز با تمیز! سچ بات تو یہ ہے کہ اللہ تعالیٰ نے بزرگوں کی چھوڑی ہوئی اس قدر دولت مجھے دی ہے کہ اگر میں ہزار برس بیٹھ کر بھی اُس کو کھاؤں تو بھی کم نہ ہو۔ پر بھائی میں کوئی فضول خرچ تو ہوں نہیں، اس لیے میں نے اپنی زندگی بسر کرنے کا یہ ڈھنگ اپنا رکھا ہے کہ روز ایک پیسے سے زیادہ خرچ نہ ہو۔ اس ایک پیسے میں پون پیسے کا آٹا خرید تا ہوں، ایک ادھی (آدھی) روٹی کی پکوائی میں دیتا ہوں اور ایک ادھی کا ثور با یا گڑ خرید لیتا ہوں، تب خوب مزے سے اچھی طرح سیر ہو کر کھانا کھاتا ہوں اور بڑے آرام سے سو جاتا ہوں''

پہلے کنجوس کے اخراجات کی یہ تفصیل سن کر دوسرا کنجوس جھلّا کر بولا۔

"اے تو تو نہایت فضول خرچ ہے۔ ہر روز تو ایک پیسہ کھاتا ہے۔ ایسا فضول خرچ شخص تو میں نے کہیں نہیں دیکھا۔"

دوسرے کنجوس کی یہ دل شکن بات سن کر پہلے کنجوس کو بڑا دھکا لگا کیونکہ وہ اپنی دانست میں اپنے آپ کو بڑا نامی گرامی اور تیس مار خاں کنجوس سمجھتا تھا۔ خیر اُس نے جھجکتے جھجکتے دوسرے کنجوس سے پوچھا۔

"اے یار نعم خوار! تو اپنا حال بیان کر کہ تو کس طرح بسر اوقات کرتا ہے۔"

دوسرے کنجوس نے جواب دیا۔

"بھائی اپنا تو یہ چلن ہے کہ ایک پیسہ اور ایک رومال لے کر ہر روز صبح کو گھر سے نکلتا ہوں اور بنیے کی دُکان پر جا کر اُس پیسے کا آٹا لے کر رومال میں باندھ لیتا ہوں، تھوڑی دُور جا کر پھر اُس بنیے کی دُکان پر واپس آتا ہوں اور کچھ بہانہ بنا کر آٹا واپس کر کے اُس سے اپنا پیسہ لے لیتا ہوں، اور کسی تنہا گوشے میں بیٹھ کر رومال میں لگا ہوا آٹا ایک رکابی میں جھٹک لیتا ہوں۔ اُس کے بعد دوسرے بنیے کی دُکان پر جاتا ہوں اور اِسی طرح اس سے بھی آٹا لے کر واپس کر دیتا ہوں، اور رومال میں لگا ہوا آٹا پھر رکابی میں جھٹک لیتا ہوں۔ دو پہر تک میں یہی عمل کرتا ہوں۔ کئی دُکانوں سے آٹا خریدنا، واپس کرنا اور رومال سے رکابی میں جھٹک لینا۔ غرض یہ کہ میری رکابی میں میرے کھانے کے لائق مقدار میں آٹا جمع ہو جاتا ہے۔ تب میں کسی بنیے سے بے دھڑک ذرا سا نمک مُفت مانگ لیتا ہوں۔ اور دریا کے کنارے چلا جاتا ہوں۔ آٹا خریدنے اور واپس کرنے کے دوران ہی راہ باٹ سے کسی لکڑی اور

چھٹیاں چُن چُن کر جمع کرتا جاتا ہوں ۔

دریا کے کنارے بیٹھ کر دریا ہی کے پانی سے آٹا گوندھ کر، لکڑیوں کی آنچ میں موٹی جھوٹی روٹی پکاتا ہوں، پھر روٹی بغل میں داب کر شہر کا رُخ کرتا ہوں اور گلی گلی کوچے کوچے گھومتا پھرتا ہوں، اور جس وقت کسی گھر سے دال بگھارنے یا گوشت بھوننے کی بو باس میری ناک میں آتی ہے، تب وہیں بیٹھ کر مزے سے کھانا کھا لیتا ہوں ۔ سو بھائی اپنی زندگی تو اس طرح سے گزرتی ہے ۔ مگر بھائی! تو بڑا فضول خرچ ہے ۔''

دوسرے کنجوس کی یہ کہانی سُن کر پہلے کنجوس نے سرد آہ بھر کر کہا ۔

''سچ ہے بھائی! تو بڑا دُنیا دار ہے ۔ تجھ سا دُنیا دار میں نے کوئی نہیں دیکھا ۔''

مہمان نوازی

ایک کنجوس عورت تھی۔ایک دفعہ اُس نے اپنی ایک رشتے دار عورت کو اپنے گھر مہمان بُلایا۔ دو چار گھڑی کے بعد اُس نے کہا۔

"اے بی بی ! اگر تو کچھ کھانا وانا کھائے تو تیرے واسطے پکوالوں' مجھے تو ابھی بُھوک نہیں ہے''

دوسری عورت بے چاری سیدھی سادی تھی' اور پھر یہ کہ مہمان تھی' اس لیے مروتاً اُس نے جواب دیا۔

"اے بی بی ! ابھی کیا جلدی ہے' جو کچھ گھر میں پکے گا میں بھی وہی کھا پی لوں گی''

یہ سن کر وہ میزبان کنجوس عورت چُپ ہوگئی۔ کچھ دیر بعد پھر بولی۔

"اے بی بی ! اب تو دو پہر ہونے کو آئی ! تو کہے تو اب تیرے واسطے گوشت وغیرہ منگوا کے پکوالوں''

مہمان عورت نے جواب دیا۔

"ہاں ! کوئی ترج نہیں''

میزبان کنجوس عورت نے اُس کے جواب میں کہا۔

"ارے تو کچھ کھائے گی نہ پیے گی۔ ناحق میرا پکایا کھانا خراب ہو

جائے گا"

یہ کہہ کر میزبان کنجوس عورت پھر اِدھر اُدھر کی اَناپ شناپ باتیں کرنے لگی۔ یہاں تک کے شام کا وقت بھی ڈھلنے لگا اور رات ہونے کو آئی۔ اُس نے پھر پوچھا۔

"اے بی بی! اب بھی کچھ نہیں گیا، مگر اس وقت تو گوشت تو ملے گا نہیں، اگر تو کہے تو تیرے واسطے کچھ کھچڑی ہی پکا لوں"۔

مہمان عورت نے پھر جواب دیا۔

"ہاں! کوئی حرج نہیں"۔

یہ سن کر وہ کنجوس پھر بول اُٹھی۔

"بی بی! تو کچھ کھائے گی نہ پیے گی، یوں ہی بے دِلی سے کہہ رہی ہے، ناحق میرا کھانا خراب جائے گا"۔

غرض یہ کہ اس کنجوس مکھی چوس عورت نے بے چاری آفت کی ماری مہمان عورت کو پورے دو دن تک اسی طرح کے سوال جواب میں اُلجھائے رکھا مگر کھانا ذرا سا بھی نہ پکوایا۔ تیسرے دن اُس بھوکی پیاسی مہمان عورت سے پھر اُس نے پوچھا۔

"اے بی بی! آج تین دن ہو گئے ہیں کہ تو نے پان اور پانی کے سوا کچھ کھایا پیا نہیں۔ اگر آج تو کہے تیرے لیے رو کھی روٹی ٹکی شکر سے پیٹ بھری ہوئی تیار کر دوں اُسی کو ذرا مُنہ میں ڈال لینا۔ اب ایسی بھی کیا نافرمیت ہے بی بی"۔

یہ پُر فطرت بات سن کر اب تو مہمان عورت کا پیمانۂ صبر بھی لبریز ہو گیا اور وہ مروّت چھوڑ چھاڑ ترش کر بولی۔

"اے ناپاک! مکّار! نہ پکاتی ہے نہ کھلاتی ہے، ناحق بات کیوں بنائے جا رہی ہے ۔اری تو تو ایسی بے درد کنجوس عورت ہے کہ اپنے بچے کو بھی ہمیشہ دُودھ سے محروم رکھے"

مہمان عورت کی یہ جلی کٹی بات سُن کر وہ کنجوس بولی ۔

"اے بی بی! تو بھی اپنا پرایا کتنا سمجھتی ہے ؟ تو نے کب کہا؟ اور کب مجھ کم بخت نے تیرے واسطے کھانا نہ پکوایا ؟"

اُس کی یہ لن ترانی سُن کر مہمان عورت نے جواب دیا ۔

"اے کم بخت! کہیں بھی تو نے سُنا یا دیکھا ہے کہ انسان یا حیوان کھانا کھائے بغیر زندہ رہ سکتا ہے ؟ کیا تجھ کو خود نہیں سُوجھتا تھا ۔کیا تو آنکھوں سے اندھی ہے ۔اور پھر جب تو نے کھانا پکوانے کو کہا، تو میں نے یہ کہا تھا کہ "ہاں کوئی حرج نہیں" تو اس پر تو بول اُٹھتی تھی کہ "نہ کچھ کھائے گی، نہ پیے گی، یوں ہی بے دِلی سے کہہ رہی ہے"

مہمان عورت کی بات کے آخری فقرے کو پکڑتے ہوئے وہ چالاک کنجوس عورت فوراً بولی ۔

"اے بی بی! میں بگوڑی تو یہ نہ جانتی تھی تو سچ مچ کہہ رہی ہے، لیکن خیر اب میں تیرے لیے نہایت معقول اور عُمدہ کھانا پکواتی ہوں ۔ دیکھوں تو کہاں تک کھاتی ہے"

یہ بے ہودہ بات سُن کر مہمان عورت بولی ۔

"نہیں! اب مجھے کھانے کی کوئی حاجت نہیں ۔طے کا روزہ طے ہو چکا، اب میں اپنے گھر جا کر افطار کروں گی"

یہ بات سُن کر کنجوسن نے جواب دیا ۔

"غیر بی بی! جس طرح تیرا جی چاہے، وہی کر۔ کیونکہ تو نہایت تنگ مزاج ہے، مجھ کو تیری خفگی اور ناراضگی منظور نہیں۔ لیکن خدا کے واسطے پھر کبھی ضرور یہاں آنا کیونکہ جیسی میں چاہتی تھی، ویسی تیری خدمت اور خاطر مدارات نہ کر سکی"۔

مہمان عورت نے کنجوس کی یہ بے ہودہ بات سُن کر تلخی سے کہا ۔

"تیرے گھر میں جو کوئی مہمان آئے تو کھانے کی بجائے وہ غم کھائے"۔

القصہ وہ مہمان عورت اس کنجوس عورت کے یہاں سے خفا ہو کر بھوکی پیاسی ہی اپنے گھر لوٹی اور پھر کبھی اپنے اور بے گانوں میں مہمان بن کر نہیں گئی ۔

خالی اُنگلی

ایک کنجوس کا ایک نہایت گہرا اور عزیز دوست تھا۔ اتفاقاً کنجوس کے دوست کو کسی کام سے سفر کرنا تھا۔ بے چارہ دوست بڑی اُمیدوں کے ساتھ اپنے بخیل دوست کے پاس آیا اور بولا۔

’’اے یار وفادار! تیرا ایک کنگال اور بدحال دوست اپنی کچھ ترقی کی خاطر سفر کرنے کا ارادہ رکھتا ہے، اور اس وقت تجھ سے رخصت ہونے آیا ہے۔ مگر اے میرے پیارے دوست! تو اپنی اُنگلی کی یہ سونے کی انگوٹھی مجھے بہ خوشی دے دے تاکہ میں اس انگوٹھی کو تیری محبت اور دوستی کی بے مثال نشان سمجھ کر زندگی بھر اپنے پاس رکھوں اور جس وقت اس کو دیکھوں، تو تجھ کو دل سے یاد کروں، تاکہ دُور دراز کے مقام پر مجھ کو تسلّی اور تشفّی ہو اور کبھی مجھے کوئی رنج و غم نہ ہو‘‘۔

دوست کی یہ غیر متوقع فرمایش سُن کر کنجوس نے جواب دیا۔

’’اے میرے پیارے اور سچّے دوست! تجھے یہ انگوٹھی لینے کی کوئی ضرورت نہیں ہے! بس ایک کام کرنا۔ جب بھی تجھے میری شدید یاد آئے، تو تُو اپنی خالی اُنگلی کو دیکھنا اور کہنا کہ فلاں یار غم خوار سے میں نے انگوٹھی مانگی تھی، پر اُس نے نہ دی‘‘۔